句集

水運ぶ船

石井清吾

Mizu hakobu Fune
Ishii Seigo

本阿弥書店

しなやかな精神

　第三十四回「俳壇賞」を受賞した石井清吾さんが第一句集『水運ぶ船』を上梓することとなった。俳壇賞授賞式での挨拶の際、俳句とは「遅咲きの恋」だと自ら語ったように、清吾さんと俳句との出合は決して早くない。仕事を終えて一から始め、まだキャリアは十年足らずなのだ。それでいて俳壇の大きな賞に輝き、速やかに句集を出す。この成果の奥には並々ならぬ努力があったに違いない。

　きっかけは老人ホームに入所し、俳句を嗜んでいた叔母だった。自分も俳句を詠めたなら、もっと叔母と楽しい時間が過ごせる。その思いを長崎南高校の関西地区同窓会で話したところ、同窓生の句会があることを知った。そこには後輩ながら、やがて清吾さんより一足早く同じ俳壇賞を受賞することになる池谷秀子さんがいて、熱心に句会に誘われた。退職して自由の身だったので参加を決めたのが二〇一一年の秋のこと。長崎とはとくに縁がなかった私は、俳句の指導を請われて句会に参加していて、「青垣」には全員が入会してもらっていた。長崎弁が飛び交うアットホームな句会。秀子さんのように深く学ぶ人もいるし、同窓生との交わりが楽しくて出席する人もいる。清吾さんは前者だった。年齢は最も上なのだが、先輩風など吹かさず、鷹揚に構えている大人だった。

福岡県生まれだが、医者だった父が長崎で開業したことで、小学校から高校まで長崎市で暮らした。故郷と言えば長崎のことで、長崎愛は人一倍強く、数多く詠んでいる。

おくんちや笛聞けば撥おのづから
初ミサや波穏やかな船泊

遠泳の教会目指す五島灘

幕末の船渠《ドック》小さしよ草の花

内浦の小さき聖堂枇杷の花

膝におく日傘のほてり島のミサ

雪積まぬ右手よ平和祈念像

一句目は、長崎市・諏訪大社の秋祭「長崎くんち」。龍踊をはじめ豪華絢爛な出し物が登場し、長崎っ子の血を湧き立たせるようだ。ミサや教会の句は、キリスト教信者の多い土地柄だから。迫害の歴史も句の背景にあるだろう。最後の平和祈念像は、長崎市内の平和公園に鎮座している北村西望作の重厚な彫像。天を指す右手は原爆の脅威を、水平に伸びた左手は平和への希求を示している。天へ屹立する右手の指に雪が積むことはなく、原爆の脅威と使用した人類の愚かさを永遠に指弾している。それを短い十七音の俳句で表現し得た。句集を代表する句の一つだろう。

清吾さんは今、東経百三十五度の子午線が通る兵庫県明石市で暮らす。明石海峡や、そこに架かる大橋、彼方に淡路島が望める終の住処はやはり海の街だ。この街を選んだのは長崎育ちの血ゆえと想像する。

海峡の橋つらぬける初日かな
沖を行く船に日の束卒業す
海峡の夏ヘルアーを飛ばしけり
去年今年大橋くぐる油槽船
屋根越しに巨船の動く立夏かな
水族館へ水運ぶ船夏はじめ

身近な海を詠んだ句の数々。これらはほんの一部で、句材を提供してくれる海に感謝をしないといけない。青春性が匂い立つ三句目は、いま港の突堤から遠くへルアーを飛ばした瞬間を詠みとめた。海の青、空の青、そして入道雲も出ている真夏。その景の中、力強く活気のある、そして単純化した表現が魅力だ。五句目はロケーションがいい。屋根の上を大きな船が通るのは事実だそうで、季語がぴったり。最後の句は、俳壇賞を受賞したときのタイトル句で、句集名にもなった。水族館に水を運ぶ船という存在があるとは私は思いもしなかった。

海に限らず地元を詠んだ句も多い。

あたたかや明石の路地に醬油の香
天文台のドーム押すごと春の雲
春泥を跳んで子午線越えにけり
出来秋や台車に運ぶ明石鯛

二句目は、明石市立天文科学館。ここではプラネタリウムも楽しめる。四句目は、海峡の速い潮流によって身が締まった明石鯛。豊かな季語を置き、生きのいい大きなサイズの鯛が運ばれる様子がしっかりと見える。
俳句には全く縁がなかった人が一から習い始めたとき、季語、定型、リズム、仮名遣いなどに苦労をする。しかし、清吾さんからはそれがうかがえなかった。勿論そのために猛勉強をしたはずだが、表には見せなかった。「アルペンホルン」の章に収めた六十六句は最初の四年の成果なのだが、一句一章も取り合わせもしっかりしている。

柳絮飛ぶトートバッグに唐詩選
わが脳のシナプスのごと冬木立
畳目につまづいてゐる冬の蠅
銛喰らうて百年生きし鯨かな

巻頭に置いたのが〈柳絮飛ぶ〉。おそらく文庫本の唐詩選をバッグに入れて持ち歩く人物で、今風のトートバッグと古典の唐詩選との関係が興味深い。その内容に置いた季語が〈柳絮飛ぶ〉。果して俳句を始めたばかりの人にこの季語が使えるだろうか。二句目は〈シナプス〉に驚かされた。専門的な用語だが難解とまでは言えず、冬木立の梢からの連想は十分に納得できる。三句目は虫眼鏡を使ったような凝視。如何にも冬の蠅らしさがある。四句目はメルヴィルの小説『白鯨』だろう。清吾さんの教養の一端が示されている。

清吾さんは東京大学農学部を卒業し、博士号を得た生物化学の研究者だった。数学で躓いた私のような文系とは違い、緻密な理系の脳を持つ。俳句という文芸に理系の視点が加われば新鮮な句が生まれるとはよく言われることで、清吾さんもその例に洩れない。

丸椅子に白衣脱ぎたる夜食かな
冴返る実験室にメスを研ぎ
つばめ来と実験ノート欄外に
清明やビーカーに煮るピンセット

プレパラートにそつと切片雪催

八月や坩堝に溶くる硝子瓶

葉桜や真水ですすぐ試験管

どれも研究者としての日々を過ごしてきたことで生まれた句。経験がなければ詠めない。それだけでなく〈清明や〉〈葉桜や〉の句は季語の斡旋が優れている。それに、これらの句は文系の私にも景が浮かぶ。専門的な用語を使おうと思えば幾らでも出て来るはずだが、読者に共感してもらえるような言葉を選ぶ、程の良さがいい。

長き夜や祖父の彫りたる蔵書印

今がわが家族の旬か祭笛

真ん中の駱駝が吾が子聖夜劇

温め酒妻の好みのあてに慣れ

不器用な兄の来てゐる雛納

原爆忌わが子に話す火の起原

冬麗の富士を遺骨に見せやりぬ

吸取紙に父の筆跡昭和の日

河童忌や父の遺影の細面

枡掛けの手は父譲り墓洗ふ

女将から父褒めらるる菊膾

運動会来賓席に父がゐる

充実した仕事は家族の理解があればこそ。ずっと感謝してきた家族を詠んだ句も多い。祖父、子、妻、兄、それに七句目は俳句を始めたきっかけになった叔母への追悼句だ。その中で父を詠んだ句が目立つ。清吾さんにとって父は、目標であり、自慢であり、永遠に超えられない存在なのだろう。

雪を見る哲学者にしてゴリラなり
鉛色のきりんの舌や冬に入る
ペン皿に貼りつく輪ゴム夏の果
秋風やわが名の印の売れし穴
白桔梗職を退いても背広着て
龍潜む淵は皮蛋《ピータン》色をして
あたたかや象の足裏掃く箒
夏来たる書道部員のスクワット
死火山の丸き眠りよ雪ぼたる

これまではジャンル別に句を挙げてきたが、この句集の秀句はまだまだ多くある。幾つかピックアップしてみたが、中には句会に出されたとき、迷わず特選にした懐かしいものもある。〈秋風や〉もその一つ。文具店や判子屋の入口に置かれた回転する三文判だ。石井のそれを買おうと探したが、すでに売れていて、そこは空洞になっていた。誰もが目にしていることだが、句として表現されたことはないだろう。

平明さを求めている「青垣」で句を磨いてきたからと思われるが、読者に負担をかける句はほぼないと言っていい。体調が良くないことを詠んだ句も少しはあるが、決して後ろ向きではない。向日性が特徴で、それはこれまでの人生とも重なるのだろう。最後にカラオケ好きであることを紹介しておこう。持ち歌はサザンオールスターズ、斉藤和義、あいみょんと言えば精神的な若さを感じてもらえると思う。清吾さんの俳句のキャリアは始まったばかり。精神のしなやかさがあるので、ますます句の世界も広がることだろう。次の成果を大いに期待して筆を擱く。

二〇二〇年九月

「青垣」代表　大島雄作

句集　水運ぶ船＊目次

装幀　花山周子

句集　水運ぶ船

アルペンホルン

二〇一二～二〇一五年

六十六句

柳絮飛ぶトートバッグに唐詩選

子の描く魚に睫毛あたたかし

肩こりのやうやう軽く木の芽和

風船とピエロの鼻がやつて来る

青空に反り返りたる辛夷かな

春昼や水を飛ばして河馬の耳

ふむふむとうなづく春のらくだかな

ペタンクの響き四方へ春の森

弓袋通りて花の零れけり

おふくろに名刺送りぬ新社員

老鶯や峠の小屋に避雷針

乗鞍開山祭　三句

アルプスや美山錦の植田澄み

コーラスは体が楽器開山祭

アルペンホルンに小さき楽譜山開

天幕をこする烏帽子や海開

遠泳の帽子の二列桜島

半眼の鰐の動かぬ溽暑かな

寺町に好きなカレー屋帰省の子

盆過ぎのフェリーの水脈の長きかな

虫の音やまた書き直す式次第

枡溢れ小皿をあふれ新走

ここいらの水が縄張いしたたき

肌寒や台斜めなる明石焼

切抜きし書評古りたり百舌の贄

紙垂分けて獅子の入り来る秋祭

行く秋や歯科医の抱く頭蓋骨

石蕗咲くや伊勢に献ずる海の幸

わが脳のシナプスのごと冬木立

畳目につまづいてゐる冬の蠅

銛喰らうて百年生きし鯨かな

海峡の橋つらぬける初日かな

いつまでの家族団欒年酒酌む

欄外の一茶の句良し初日記

一月の硬き手帳を開きたり

悲しみに重さありけりしづり雪

雪を見る哲学者にしてゴリラなり

大寒の味噌蔵に日矢届きけり

声の良き看護婦の来て鬼やらひ

退院の荷物軽しよ春氷

あたたかや明石の路地に醤油の香

生れたてのひよこのかたち白木蓮

お彼岸や古きレコード聴くことも

春霰や琵琶湖を遠く下に見て
沖を行く船に日の東卒業す

海市行きバスに仮面の男女かな

吸取紙に父の筆跡昭和の日

しまうまの子が跳ねてゐる薄暑光

子の頰に莫蓙の痕あり海紅豆

遠雷や交響曲の盤に傷

濡れそぼち顔回らずよ青葉木菟

舟虫や吾はゴジラのごと歩み
遠泳の進む卵子を目指すごと

犬の墓聞いて出て行く帰省の子

寝そべつて見る天体図夏座敷

桔梗や弓引く前に正座して

長き夜や祖父の彫りたる蔵書印

古びたる筒に学位記つづれさせ

象潟や九十九島も稲の上

おくんちや笛聞けば撥おのづから
大柄の斬られ役良し村芝居

鳥渡るピエロに青き涙痕

オーボエのリード噛む癖そぞろ寒

鉛色のきりんの舌や冬に入る

風邪籠エディット・ピアフの盤探す

我もまた働き詰めよかいつぶり

星結ぶ線の見ゆるよ寒オリオン

海峡の夏

二〇一六年

六十六句

山降りて今年の髭を剃りにけり

初ミサや波穏やかな船泊

宝くじ買うて福笹忘れけり

雪しんしん裸婦のうなじを描きつつ

メトロノームのやうな雨音春障子

末黒野や鍾乳洞の口開いて

山焼や垣を跳びこす鹿の尻

真ん中にいつも写る子水温む

クロッキーの線の躍るよ春の駒

白梅やきれいな敬語使はるる

杉玉の色濃くなりぬ初つばめ

春霖や革の表紙の手になじみ

母の如雨露父の苗札滲ませて

文鎮の河馬うづくまる日永かな

天文台のドーム押すごと春の雲

昨日まで野に育ちたる子猫抱く

理科室の蛇口の錆や鳥帰る

亀鳴くやパジャマで過ごす日曜日

甲斐信濃　四句

甲斐からの八ヶ《やつ》岳荒々し花かんば

普羅の句の嶺々近き五月かな

青葉風洋酒の樽は息をして
もてなしの亭主の木遺諏訪祭

校長の畦に受け取る余苗

荒梅雨の馬銜《はみ》懸かりたる柱かな

失せ物の出で来たるごと梅雨茸

籐椅子や遠く灯れる淡路島

梅雨明けや芝は足裏押し返し

懸垂の拳を蟻の過りたり

パエリアを炊く大鍋や南風吹く
海峡の夏へルアーを飛ばしけり

ライフセーバー浜昼顔を飛び越えて
素潜りの浮いて水輪の芯となる

雲の峰ビーチバレーの砂均す

遠泳の教会目指す五島灘

手のひらに噴井の芯を摑みけり

朝ぐもり押さへて痛き足のつぼ

父凌ぐものの何かある夏座敷

ペン皿に貼りつく輪ゴム夏の果

新涼や象の呼吸のゆっくりと

きつねのかみそり断捨離を始むるか

秋暑し音割れてをる換気扇

ひぐらしや正座して聴く薩摩琵琶

桔梗描く竹ペンの先尖らせて
穴惑本気で腹囲減らさうか

ここいらを我が墓にせむ草の花

あら炊きの前歯ましろき厄日かな

丸椅子に白衣脱ぎたる夜食かな

コニャックの封を切らうか寝待月

長き夜のカエサルまこと人蕩し

目地しるき煉瓦倉庫や鳥渡る

予約しておきたきベンチ初紅葉

秋風やわが名の印の売れし穴

温め酒妻の好みのあてに慣れ

そぞろ寒検尿カップ置く小窓

腹筋のしるき土偶よ豊の秋

宮相撲胸板厚き家系なる

配らるる餅の温しよ在祭

晩秋やオーボエ吹きの舌荒れて

麩を投げて真鯉ばかりよ神の留守

小春日や中指で溶く岩絵の具

温泉の粉末を振る風邪心地

狐火や訳のわからぬ略図持ち

虎落笛赤きバケツの水湛へ
日向ぼこ聞こゆる方の耳出して

数へ日や器械に首を引張られ

オルゴール盤の突起や冬銀河

ピザカッター

二〇一七年

六十二句

去年今年大橋くぐる油槽船
身長の少し縮んでお正月

沖向いて並ぶ舳先や松飾

杉戸絵の象お辞儀する御慶かな

新刊の硬き匂ひや山に雪

かたはらに蕪村の画集雪見酒

冴返る実験室にメスを研ぎ

村長のホース構ふる野焼かな

空堀は広き日溜まり犬ふぐり

レジスターの音いきいきと種物屋

つばめ来と実験ノート欄外に

箱ひとつ余つてをりぬ雛納

若沖の虎は猫顔水温む

豚の顔売らるる店や霾ぐもり

春泥を跳んで子午線越えにけり

国生みのはじめは淡路若布刈舟

潮入の川満ち来たる土筆かな

清明やビーカーに煮るピンセット

風光る未決の箱をからつぽに

体操の空に白木蓮ありにけり

花の土手登る腰痛帯ぎゆつと

うららかや埴輪の犬の脚太く

屋根越しに巨船の動く立夏かな

校門に立つ先生も更衣

パレードの音近づきぬソーダ水

今がわが家族の旬か祭笛

湯の底は阿波の青石ほととぎす
鳥の名を誰に尋ねん明易し

リール巻く傍に青鷺従へて
脳髄のしんとしてゐる暑さかな

床の間に五徳積まれて鮎の宿

阪神電車に校名しるき団扇かな

炎天や診察券が落ちてゐる

下町の西日を来たり入浴車

夕立や川面に水の棘生えて
月光の溜まり水母のひるがへる

引き潮に張る艫綱や浜万年青

イタリックの蝶の学名夏の果

遠からず解かるる家の門火かな

秋蛍ここは出水のありし淵

乳母車ゑのころ草を押し分けて

器具寄せて実験台の夜食かな

台風圏押さへて閉むる旅鞄

白桔梗職を退いても背広着て

幕末の船渠《ドック》小さしよ草の花

秋風や運転免許返さうか

小鳥来るピザカッターを温めて

豊年や双子の眠るベビーカー

新走有田の藍の佳かりける

炭窯の口塗り込めて紅葉山

五島列島福江島　四句

ジェットフォイル発つ百合鷗置き去りに

小春日や仔牛は耳にタグつけて

内浦の小さき聖堂枇杷の花

五島はも道辺の椿咲き初むる

縁側は爪切るところ石蕗の花

波郷忌や張り強き弓引き絞り

画集繰る加湿器に手を翳しては

枯れ蔦やトースト硬き喫茶店

着膨れて予防注射に並びけり

おでん酒律儀に卓を拭くをとこ

羊水のごとき一湾牡蠣筏

真ん中の駱駝が吾が子聖夜劇

森の時間

二〇一八年

六十四句

海に向く鳥居の高き破魔矢かな

自治会長どんどの灰を配りけり

白障子日本のあそび始まりぬ

初戎連れは会社に戻りけり

プレパラートにそつと切片雪催

雪積まぬ右手よ平和祈念像

余寒なほ軍艦色の空と海

曲水やつつかれて盃動き出す

龍天に登る室戸に深層水

遅れ来る客の座一つ木の芽和

美しき紐を選りたり雛納

菊根分天守の影の伸び来たる

三月のギプスの下の痒さかな

戻りたる本に書込卒業す

風光るキャッチボールは恋に似て

酒醸す水流れをり濃山吹

春風や紙の帽子のシェフ呼んで

雨粒を纏うて散りぬ八重桜

初夏や目立て済みたる卸し金
あかときの卯の花浮ける外湯かな

膝で押す圧縮袋更衣

新生児覗きに来たり祭髪

信州は日本の屋根ぞ燕の子

夏鴨や大河の残す三日月湖

鹿の子の眼の歩み来たりけり

黴の香や鞄から出すリラ紙幣

南風吹く二人で絞る柔道着

明易や現像液を取り替へて

明石築城四百年　二句

四百年敵迎へざる城涼し

蜘蛛太る櫓に古き縄張り図

朝蟬や生涯に剃る髭の嵩

薬のむために飯食ふ朝ぐもり

胴乱の野草を拡げ夏座敷

岩清水アトピーの子の首冷やす

四万十や沈下橋から跳んで夏

山頂のケルンに檸檬置きにけり

河童忌や父の遺影の細面

校了の水蜜桃を剝きにけり

八月や坩堝に溶くる硝子瓶
あら炊きの小骨美し生身魂

ひぐらしや森の時間を過ごす椅子

星飛んで雑音交じるカーラジオ

天幕に旧き町の名地蔵盆

枡掛けの手は父譲り墓洗ふ

船着いて油紋拡がる厄日かな

草の花土偶の耳にピアス穴

ヘッドフォン外して虫の闇にゐる

いちじくや火山はマグマ眠らせて

畠のもの背負うて帰る後の月

天高し吾が入る墓の晒解く

龍潜む淵は皮蛋《ピータン》色をして

自治会の役員ばかり芋煮会

浦祭山車の座布団新しき

お四国は独鈷のかたち鳥渡る

小春日や子の部屋にゐる調律師

雪ぼたる港に古き芝居小屋

水鳥や一眼レフは砲に似て

外套をぬぐ本の帯外すごと

加湿器やお薬手帳膨らんで

沖へ灯の遠ざかりたる湯冷めかな

包丁を研ぐ糸底や年詰まる

捨てられぬ露西亜語の辞書冬木の芽

叔母丸田藤子逝く

冬麗の富士を遺骨に見せやりぬ

あちこちに遺品の眼鏡日脚伸ぶ

水運ぶ船

二〇一九年

六十六句

山に雪しゃきんと鳴らす裁ち鋏

春待つやうつすら透けて貯金箱

樹木医の大きな木槌寒の明

啓蟄や補助輪二つ草の上

赤ん坊の首据わりたる雛祭

不器用な兄の来てゐる雛納

苗札の父の癖字の薄れけり

道草に旬あり酸葉嚙んでをり

あたたかや象の足裏掃く箒

関取の眼鏡真ん丸春の風

虚子の忌や八方睨む龍鳴いて

ライオンの檻にまた入る雀の子

固まらぬ修正液や花ぐもり

猫の子の隠れてゐたりチマチョゴリ

囀や天守閣には靴提げて

行く春の床屋に眼鏡忘れけり

春の雲濃き鉛筆は詩を生んで

トレパンの白を眩しむ昭和の日

葉桜や真水ですすぐ試験管

水族館へ水運ぶ船夏はじめ

若夏や酢味噌で和へて豚の耳

夏来たる書道部員のスクワット

空つ腹に響いて祭太鼓かな

山開焼印しるき樽割つて

ジルバまで終へし講習巴里祭

革蒲団北への旅の話して

枕木の下に川見る涼しさよ

持ち来たる薬見せ合ふ夏期講座

にんにくを足して男の夏料理

膝におく日傘のほてり島のミサ

蚊遣火や兄の足音父に似て

弓袋白雨の中を駆けにけり

船の旅グラタンほどの日焼けして

原爆忌わが子に話す火の起原

にはたづみ避けて歪や踊の輪

かなかなや時刻違へぬ配膳車

芭蕉の葉分けて出て来る測量士

星飛んで転居通知がローマから

秋風や象には森の記憶無く

小分けせし薬に日付秋遍路

砂嘴洗ふ波の荒さよ雁渡し

らんかんのたかさをたもつあきつかな

野分晴畳を運ぶ柔道部

体操のためのラジカセ草の花

出来秋や台車に運ぶ明石鯛

女将から父褒めらるる菊膾

聖堂はひかりの器小鳥来る

自然薯を掘る小ささは埋め戻し

運動会来賓席に父がゐる

犬抱いて降りる階段冬隣

死火山の丸き眠りよ雪ぼたる

大綿や薄るるためにある記憶

母猿のピンクの乳首冬ぬくし

すずかけの全き枯葉見つからず

さざんくわや吉良に殉じし二十士碑

草木染め工房抱き山眠る

冬ざれや刀の柄に鮫の皮

漱石忌まだ着こなせぬバーバリー

炉話やかんころもちを切り分けて

星の子は脚立に乗つて聖夜劇

猪鍋や明日は保津川下るとぞ

死ぬるまで団塊世代年詰まる

注連飾る発酵タンク覗き窓

日時計は白帆のかたち初雀

名前まで書いて息吐く筆始

福笹や汁透きとほる中華蕎麦

あとがき

私が俳句を始めたのは六十五歳になった二〇一一年、老人ホームで暮らす叔母に誘われたのがきっかけです。俳句経験のなかった私がこのことを長崎南高校の関西同窓会で話したところ、「あなたにぴったりの句会がある」と後輩に熱心に誘われて同窓生の「探鳥句会」に体験参加。長崎弁の飛び交う和気藹々の雰囲気と、指導に来られる「青垣」の大島雄作代表の懇切で的確な句評に感銘を受け、句会新入生となりました。並行して叔母とは毎週十句を見せ合い、参加した句会の結果も報告することに。叔母丸田藤子との毎週の二人句会は、彼女が世を去る年まで七年間続きました。

さて、俳句に出合って私の熱中具合は、まるで「遅咲きの恋」のようでした。

会社時代の研究レポートや業務報告のような事実の記述とは違って、僅か十七音で自分のドラマ、ポエムを作りだせること、しかもその作品を発表して即座に読者から反応が得られる快感に嵌まりました。翌年には「青垣の会」に入って俳句誌「青垣」への投句を開始。年々参加する句会が増え、俳句は生活の一部となりました。やがて「青垣」の先輩で俳壇賞受賞者である今村恵子さん、池谷秀子さんと句会を共にしていること、また毎年仲間の誰かが予選通過していることに刺激を受け、私も賞への応募をはじめました。幸いにも、挑戦五回目の二〇一九年に「水運ぶ船」で第三十四回俳壇賞を頂くことができました。年を越して二月の俳壇賞授賞式のあと、新型コロナウイルスによる自粛生活が始まり外出機会が減ったのを契機に、句歴は浅いけれど、自分の句を振り返り句集としてまとめようと思い立ちました。

『水運ぶ船』は私の第一句集です。二〇一二年から二〇一九年までの三百二十四句を収めました。構成は、最初の四年間の句を「アルペンホルン」の章に収め、以後は制作年順に四つの章を配置しています。

句集名は、俳壇賞受賞作品のタイトル句〈水族館へ水運ぶ船夏はじめ〉に因みました。ある日港で見かけた水色の船が、和歌山県沖から大阪の「海遊館」に海水を運ぶ船だと知った時の驚きを詠んだ句です。中に海を抱いて運ぶ船は、育った長崎を離れ今は明石で暮らす私と海との関係を象徴するようです。また、地球に生きる私たち生物は、未来へと「遺伝子を運ぶ船」であるとともに、体に含んで「水を運ぶ船」でもあります。

句集をまとめてみて自分の句の拙さも見えてきました。これから自然と人間をもっと深く見つめ、自分の言葉による表現を磨いて、人の心に響く句を作りたいと思います。

俳句に出合った時からずっと指導して頂いた「青垣」大島雄作代表には選句の労をお取り頂き、さらに身に余る序文を頂戴いたしました。深く感謝申し上げます。

また、常に刺激を与えて下さった「青垣」の諸先輩ならびに句友の皆さま、結社を超えて句座を共にして頂いた皆さま、本当にありがとうございました。

出版にあたり本阿弥書店の安田まどか「俳壇」編集長および書籍編集部の黒部隆洋さんには大変お世話になりました。
最後に、泉下の叔母はじめ私を支えてくれた家族に、また、この句集を読んで下さった全ての皆さまへ感謝申し上げます。

二〇二〇年九月　明石にて

石井清吾

著者略歴

石井　清吾（いしい・せいご）

昭和21(1946)年　福岡県生まれ
　長崎市で小・中・高校時代を送る
平成23(2011)年　長崎南高校関西同窓会の「探鳥句会」で俳句を始める
平成24(2012)年　「青垣」入会（代表・大島雄作）に師事
令和1(2019)年　第34回　俳壇賞受賞

現代俳句協会会員
俳人協会会員

現住所
〒673-0860　兵庫県明石市朝霧東町3丁目6-10-302

句集　水運《みずはこ》ぶ船《ふね》
2020年12月10日　発行
定　価：本体2800円（税別）
著　者　石井　清吾
発行者　奥田　洋子
発行所　本阿弥《ほんあみ》書店
東京都千代田区神田猿楽町2-1-8　三恵ビル　〒101-0064
電話　03(3294)7068(代)　振替　00100-5-164430
印刷・製本　三和印刷(株)

ISBN 978-4-7768-1524-2 C0092 (3240)　Printed in Japan